KB061584

붕어빵의 꿈

홍림의 마음

넓고 붉은 숲이라는 중의적 의미를 담고 있는 <홍림>은, 세상을 향해 그리스도인들이 추구해야할 사유와 그리스도교적 행동양식의 바람직한 길을 모색하고자 노력하고 있습니다. 폭넓은 독자층을 향해 열린 시각으로 이 시대 그리스도인의 역할 고민을 감당하며, 하늘의 소망을 품고 사는 은혜 받은 '붉은 무리'紅林:홍림로서의 숲을 조성하는데 <홍림>이 독자 여러분과 함께하고자 합니다.

홍림시선04

붕어빵의 꿈
지은이   신장근

1판 1쇄 인쇄   2021년 12월 14일
1판 1쇄 발행   2021년 12월 20일

펴낸곳   홍   림
펴낸이   김은주
등록   제 312-2007-000044호17
전자우편   hongrimpub@gmail.com

값은 표지에 있습니다.
ISBN 978-89-6934-031-3(03810)

홍림시선 04

붕어빵의 꿈

신장근 시집

홍림

차 례

시인의 말

"모든 사람은 날 때부터 시인이다"라는
하이데거의 말을 좋아한다.
이 책에 담긴 시들이 모든 이의 가슴에
잃어버린 시를 되찾아주고,
얼어붙은 세상의 한 구석에 작은 온기를 주길 바란다.

병어 두 마리

나란히 누워
하늘만 보는 두 친구
손질을 마친
은색 병어 두 마리

할 말이 많지만
입을 굳게 닫은 둘은
신안 앞바다를 휘젓던
호기 좋은 사내들이었다

가고 싶은 곳도 많고
보고 싶은 곳도 많던 둘은
매일 매일 쑥빛 바다보다
더 짙푸른 꿈을 꾸었다

어느 날 머리 위로 날아온
나일론 그물에 걸린 둘은
파아란 색 페인트 칠해진
뱃바닥에 던져졌다가
새벽 어시장의
회색빛 시멘트 바닥을 거처
얼음이 재워진 박스에 실려

트럭을 타고 롯데백화점에 왔다

한 마리에 만 오천 원
두 마리에는
오천 원 깎은 이만 오천 원
그렇게 둘은 한 집에 팔려갔다
냉장실 차가운 방안에 누운 두 친구는
입을 꼭 닫고 천장만 바라본다

다시 돌아가고픈
청자 빛 신안 앞바다가
두 친구의 눈에 비친다

민들레꽃

아무도 보지 않는
회색 시멘트 블럭
그 좁은 틈새를 비집고 핀
작은 민들레 꽃

엄마 손 잡고 학교 가는
일 학년 꼬마 새 신에
밟히고

로켓배송 택배 아저씨의
바쁜 걸음에
밟히고

밤늦게 술에 취해
세상을 푸념하며
집에 돌아온
김씨 아저씨의
비틀거리는 발에
다시 한 번
짓이겨졌지만
그 흔한 밴드 하나 안 붙이고

상처 난 얼굴 그대로
변함없이 환히 웃으며
오늘도
지나가는 사람에게마다
인사한다

짓밟혀도 다시 일어나고
상처 입어도 꽃을 피우는
민들레는
소리 없이 내게 외친다.
상처가 있음에도
꽃이 피어나는 게 아니라고
상처가 있기에
꽃은 피어나는 것이라고

내 시계

내게는
오래된 시계가 있다
나도 못 보고
남도 못 보는 시계다

태어나 한 번도
본 적 없지만
내 시계가 분명하다

요즘 시계는
약 갈아 끼우면
몇 년도 가더만
내 시계는
어째 하루도 못 간다
밥 때가 조금만 지나도
기어코 알아채고
밥 내노라고
울어 댄다

점잖은 자리에서도
성난 과장님 앞에서도
초상집 문상 중에도

이 시계는
상관하지 않고 운다
그래도 밥 안 주면
오케스트라 북소리 내다가
천둥치는 소리까지 낸다

나는 오늘도
이 시계가 무서워
살살 달래며
밥 먹으러 간다
아니 시계 밥을 주러 간다

내게는 한 번도
본 적 없지만
늘 배고프다고 보채는
철없는 시계가 있다
기가 막히게 시간을 맞추는
신기한 배꼽시계가 있다

어린 이 날!

어린 이 날!
어린 이 나를!
어린 이 나를 어찌할까?
난 도대체 언제 자라서
어른이 될까?

강산이 몇 번 변했지만
난 아직도
인생 초보이다
늘 거창하게 목적지를
정하지만
번번이 길을 잃고 헤맨다

아직도 인생이라는 길 위에서
차선 변경이 어렵기만 하다
지나친 욕심으로 과속도 하고
인생 표지판을 무시하며
달리기도 한다

"넌 언제 철 들래!"
안타까워하시던 내 아버지 음성이
지금도 생생하다

천국에 가셔서도

철없는 아들 염려하시느라

좋은 구경 마다하고

하늘 아래만 내려다보실

우리 아버지

마음이 어리니

하는 일마다 다 어린 나!

세월 지나도 철들 줄 모르는 나!

어린 이 날!

어린 이 나를 어이할꼬!

내년 어린이날에는

철이 들 수 있을까?

넌 대체 언제 철들래?

넌 언제 자라서 어른이 될래?

별들이 있다

긴 뱀마냥
줄지어
가다서다 하는
차들 위로
금방이라도
울음 터질 듯한
아이 같은
하늘이 있다

시간이
멈춘 그곳에선
잿빛 구름도
신화 속
거인이 되고
천천히
물레를 돌려
이야기를
자아내는
맘 좋은
노파가 된다
이 모든 것을
말없이

내려다보는
별들이
있다

뿌연 구름에
가리어져
보이지 않지만
낮에도
반짝이는
별들이
있다

앞만 보고
달리다가
문득
고개들어
하늘을 본
나의 눈과
별빛이
마주쳤다

깜짝 놀란
별들이
구름 뒤로
숨는다

라일락 나무

꽃이 진 다음에도
라일락 나무는
외롭지 않다
벌들과 나비들이
떠난 뒤에도
바람과 햇살이
날마다 마실 오기
때문이다

사람들의 찬사와
감탄이 멈춘 뒤에
비로소 나무는
깊은 침묵 속에서
삶을 묵상한다

하이얀 꽃보다
더 깊고 진한
푸른빛 생각이 감싼
라일락 나무의
머리카락을
바람이 어루만진다

플라타너스

올해도 플라타너스 나무는
여름휴가를 못 간다
남들은 다 피서 가고
남겨진 도시의 보도블록 위에서
수십 년 동안 그랬듯이
근무를 선다

쥐꼬리 월급도
명절 보너스도
시간 외 근무수당도 못 받는
극한직업이지만
군소리 없이 자리를 지키며
초복 더위에 행인에게
시원한 그늘막이 되어준다

수많은 여름을 지나며
온몸에 생긴 화상 흉터로
성한 곳을 찾아보기 힘들지만
나무는 오늘도 푸르름 잃지 않고
더위에 지쳐 축 처진 잎으로
초록빛 꿈을 그려낸다
문득 올려다본 하늘에서

플라타너스 나무가

수많은 손을 흔들며

내게 말한다

힘내라고!

고통도 슬픔도

묵묵히 견디다보면

하늘 가까이 푸른 잎 뻗어갈

그런 날이 올 거라고

땅이 운다

보도블록으로 덮인
땅이 운다
어제는 못 본
밴드까지 붙인 채
늘 단단할 것만
같았던 땅이
오늘은 서럽게
흐느낀다

날마다
내가 딛고 걸은
이 길이
누군가의 상처와
아픔으로 덮인
길이었구나

내 눈이 어두워
그 피 흐르는
상처를
못 봤구나
내 귀가 어두워
그 소리없는

흐느낌을
못 들었구나

또 다른 상처를
못 본 채
밟고 지나갈까봐
땅만 보고 걷는다
돈 주우려는 사람처럼

이런 나를 보고
땅이 빵 터진다
눈물 고인 눈에
환한 웃음이
번진다

태양을 위한 변명

유독 더위를 타는 태양은
사시사철 벌겋게 달아올라 있다
너무 열이 많아서
가까이 하는 친구도 없다
항상 똑같은 열정을 품고
열심히 일하는 것뿐인데
모두들 태양만 비난한다

추운 겨울에는
이름값도 못한다고
손가락질하더니
푹푹 찌고
뜨끈뜨끈한 여름에는
너무 다혈질이라고 비난한다

하지만 우직한 태양은
1천 5백만 K의 열기를
가슴깊이 품고,
6천 K로 펄펄 끓는
이마 체온에도
늘 그랬던 것처럼
아무 불평 없이

가야할 길만 간다

새벽을 기다리는 사람들에게

빛을 비추기 위해

밤새 떨고 잤을 사람들의

굳은 몸을 녹이기 위해

하늘을 나는 비닐봉투

금방 올 것 같이 찌푸린
회색빛 하늘을
검은 비닐봉투가 난다

푹푹 찌는 더위로
땀에 흠뻑 절은 면 티가
온몸에 쩍쩍 들러붙는 데도
가지고 나온 나물이랑
도라지, 완두콩,
씀바귀 이파리 몇 장
다 팔고 가려고 참고 참던
노점 야채상 할매가
자리를 정리하다가
놓친 봉투가
하늘을 난다

숱한 여름을 지내며
땀도 진액도
다 빠져나간
깊이 주름 잡힌
할매의 갈색피부처럼
쪼글쪼글한 비닐봉투가

잔뜩 바람을 채워

팽팽해진 채

하늘을 난다.

무거운 발을 옮기며

할매는 생각한다

풋고추 된장찌개를

좋아하는 아들을

뺑소니 교통사고에

머리를 다쳐

다시 애가 된

쉰 네 살의

불쌍한 아들을

할매의

잔뜩 휘어진 허리와

얇은 팔뚝을 감싼

울퉁불퉁 꾸불꾸불한

검푸른 혈관들 위에

할매가 지나온

험난했던 지난 세월이 묻어있다

얼마 안 남은 거친 삶을 마치고

혼자 하늘로 돌아가면

처자식도 버린 불쌍한 아들만

홀로 남을 것이 걱정되어
손가락을 깊이 파고드는
무거운 보따리를 꽉 쥐고
땅에 발을 박으며 할매가 간다

신나게 하늘을 날던 봉투가
잠시 멈춰 이런 할매를
말없이 지켜본다

밥알의 눈물

한솥 안에서
눌리고 하나 된
누룽지 쌀알들이
약한 불 위에서
보글보글 끓다가
마침내 뿔뿔이 흩어져
자유를 얻었다

갈색으로 탄 밥알
하얀 밥알
반쪽 난 밥알
산산조각 난 밥알
모양은 제각각이지만
갑자기 찾아온 자유 앞에서
무엇을 하고 살까 고민한다

'다시 시골에 내려가서
논에서 자식이나 많이 낳아 키울까?'
'나는 DMZ마을 논으로 돌아가
북녘 땅이나 보며 살래.
울 아바이 고향이거든!'
고민하는 어린 밥알들에게

누렇게 잘 눌은 철든 밥알이

눈을 끔뻑하며

"우리는 너무 늦었어!

다른 꿈을 찾아보자!"라고 조언한다.

갑자기 느낀 현실의 벽에

밥알들이 운다

보글보글 소리 내면서

뿌우연 눈물을 흘리며

배고파서 누룽지를

끓여 먹으려다가

우연히 들은

밥알들의 대화에

숟가락을 내려놓는다

내 꿈은 뭐지?

나는 뭘 위해 사는 거지?

이런 내 소리를 들었는지

눈물에 불은 밥알들이 외친다

"밥이나 먹고 고민해.

일단 살아야 꿈도 갖지!"

밥알들의 말에 등 떠밀려서

숟가락을 든다

밥알과 함께 밥알들이 흘린

우유 빛 눈물을 마신다

밥알들에게 미안해서

반찬 없이 누룽밥만 먹는다

에스컬레이션

2단계,
3단계,
4단계
매일 같이 계단 같은
사회적 거리두기 단계를
오르며 산다

계단을 더 높이 올랐으니
더 뿌듯해야 하는데,
삶이 더 무겁게 느껴진다

4,
3,
2,
1,
0,
발사!
대지를 울리며 발사되는
로켓은 굉음 속에서 말한다
"더 높아지기 위해서는
더 낮아져야 해.
더 낮아질수록,

더 많이 비울수록

더 높이 날아오를 수 있어!"

코로나 19의 4단계가

연장된 금요일 오후

나는 수첩에 기록한다

더 많이 갖기보다

더 많이 내려놓기!

더 많이 쌓아두기보다

더 많이 나누기

무엇보다도

아무것에도 메이지 않기!

땅을 딛고 날아오르기 위해

나를 비운다

저 우주로 가져갈 수 없는

모든 것을 내려놓는다

풀벌레들은 노래한다

풀벌레들이 웃는다
끼륵끼륵
쭈쭈쭈쭈
끄르륵 끄르륵
나는 풀벌레들이
우는 줄로만 알았다

하지만 풀벌레들은
우는 게 아니다
항상 즐겁게 노래하고
마음껏 웃을 뿐이다

울 일 많은 내게는
풀벌레들의 웃음소리도
풀벌레들의 노랫소리도
다 울음소리로 들렸다

오늘 아침 처음으로
풀벌레 소리들 속에서
장난꾸러기 아이들의
키득거리는 웃음소리가
터져 나오는 것을 듣는다

세상은
슬픔과 고통으로 가득 찬
초상집이 아니라
기쁨과 환희로 가득 찬
잔칫집임을
풀숲의 장난꾸러기들에게서
배운다

장난꾸러기들이
내 뒤통수에 대고 외친다
좀 웃고 살아!
덜 진지하게 살아!
울지 말고 노래하며 살라고!
풀벌레들이 웃는다
끼륵끼륵
쭈쭈쭈쭈
끄르륵 끄르륵

지금 그리고 여기

사람에게 목이 있는 것은
두 눈이 볼 수 없는 곳도
돌아보도록 하기 위함이지

사람의 목이 360도까지
돌아가지 않는 것은
앞을 향해가면서
뒤돌아보지 말라는 뜻이야

가끔은 멈춰 몸을 돌려
뒤를 보는 것은 좋아
하지만 지나온 뒤를 바라보면서
앞으로 달려갈 순 없어

아무리 바빠도 주변을 살피며
도움이 필요한 이들을 찾아
도우며 살아가라
하지만 지나온 것을 돌아보느라
지금 네 앞에 있는 사람의 고통을
외면하지 말아라
마음은 미래를 꿈꾸며
눈은 지금 여기를 직시하고

손은 지금 네 도움을
필요로 하는 사람을 도와라

그 사람을 도울 기회가
다시 올지 모르기 때문이고
그 사람은
변장한 그리스도일지도
모르기 때문이며
네가 그 사람에게
도움을 청할 때가
곧 올 수도 있기 때문이야

앞을 보고 당당하게 걸어라
넓게 보며 주위를 살펴라
철저하게 지금 여기에서의 삶을 살아라
다시 올 수 없는 그 순간을
지금 여기에서 유감없이 살아라

아스팔트 위의 매미

뜨겁게 달궈진
까만 아스팔트 바닥에
매미 한 마리가 엎드려 있다

죽었나? 살았나?
궁금한 마음에
구둣발 끝으로 살짝 밀었더니
푸드드득 요란하게 날개를 떨며
매미가 말했다

그 발 치워라!
내 비록 8월 폭염에
아스팔트 바닥을 기지만,
높은 창공을 누비던 몸이시다

움찔하며 놀란 나는 발을
거두어 들이고
그 자리에 쪼그려 앉아
익선(翼蟬)관을 등에 두른
임금님을 내려다본다
한 때는 높은 나무 위에서
나를 내려다보며

2500~5500Hz로

귀하신 날개를 떨며

노래하시던 그 임금님을

지금은 낮아지셔서

발길에 채이시지만

존귀함을 포기치 않은 채

밭은 숨을 내쉬며

힘겹게 포복으로 기어가시는

높으신 그분을

여름과 가을이 잔다

열린 창문으로
어느새 들어온 가을이
더위에 지친 내게
"거 엄살 좀 그만부려"라고
웃으며 말한다

방금 전까지
내 등 뒤에 붙어있던
여름을 불렀더니
어느새 방 안에서
이삿짐 싸던 여름이
"나 바빠
조금 있다 이야기해"한다

노트북 자판을 치다가
잠시 멈추고 고개들어 보니
가을은 소파에 앉아 텔레비전을 보고
여름은 춥다고 이불을 덮어쓴 채
소파 아래 앉아있다

조금 더 일하다가
자려고 자리에서 일어나보니

여름과 가을이 이불도 걷어찬 채

나란히 누워 잔다

감기 들까 염려되어

이불을 덮어주고

열린 창을 닫아주었다

줄을 서는 사람들

생활의 달인에 나온 국수집

양파껍질을 넣어 우려낸

깔끔하고 구수한

국물 맛 끝내주는

이 집 앞에는

비오는 날에도

사람들이 줄을 선다

로또 1등 명당자리라는

잠실역 8번 출구 앞

복권판매점 앞에도

사람들이 매일 줄을 선다

비가 오나

눈이 오나

폭염이 오나

검은 영구차 뒤에

파란 현대버스

검은 영구차 뒤에

하얀 벤츠버스

검은 영구차 뒤에

검은 대우버스

화장장 현관에는
화장 순서를
기다리는 시신과
슬픔에 빠진 사람들이
줄을 서 있다

줄서고 기다리기!
그것이 인생이다
사람들은
맛난 국수를 기다리며
횡재를 기다리고
죽음을 기다리면서
줄을 서 있다

태어남과 동시에
우리는 모두
죽음을 기다리는
줄에 선다
아주 가끔씩만
우리는 줄 끝에
무엇이 있는지 본다
원하든 원치 않든
알든 모르든
오늘도 우리는

줄에 서 있다
죽음을 기다리는
줄에 서 있다

여름에게 미안하다

있을 때 잘하라고 한다
나도 아는데 그게 참 어렵다
아침 저녁 부는 찬바람을 느끼고서야
여름이 갈 날이 얼마 남지 않음을 깨달았다

있을 때 잘해줬어야 했는데
나는 지난 몇 달 간 여름을 푸대접했다
뜨거운 날에는 너무 덥다고 푸념하고
비라도 퍼부은 다음에는 푹푹 찐다고
투덜거렸다
무던히 말없는 여름도 이런 내가 힘들 때면
햇빛 비치는 날에도 눈물을 흘렸다

여름이 떠날 때가 다 되어서야 알았다
제각기 자기 소리만 내는 풀벌레들을 달래서
함께 어울리는 멋진 화음을 내게 한 것도,
겨우내 앙상했던 가지가지에
초록빛 옷을 입힌 것도,
잠 못 이루던 밤
깊은 한숨 쉬며 바라본 하늘에
아름답게 반짝이던
백조와 궁수, 독수리를 불러 모은 것도,

꿈 많던 어린 후배 묻고 오던 날
뜨겁게 흐르던 내 눈물을
시원한 비로 닦아준 것도,
모두 다 여름이었음을

있을 때 잘 해야 하는데
나는 여름에게 잘 해준 것이 없다
나는 여름에게 미안한 마음뿐이다
그래서 여름이 가는 게 싫다

비가 오는 날에는 너를 생각한다

비가 오는 날에는

너를 생각한다

점심시간이면

학생식당에서

세상에서

가장 진지한 표정으로

수천 장의 식판을 닦던 너

밤 깊은 도서관에서

피곤에 지쳐

꾸벅꾸벅 졸다가도

내가 사주던 100원짜리

자판기 커피 한잔에

얼굴 가득히

환한 미소가 번지던 너

밤늦은 시간 기숙사로

돌아가는 길이면

하늘의 별들을 보면서

먼 훗날 아주 먼 훗날

이루고 싶은 꿈을

이야기 하던 너

한 달 용돈을 탁탁 털어

원하던 책 몇 권 사고

세상 부자된 것처럼

좋아하면서도

돈 삼백 원이 모자라서

열 정거장을

걸어서 다니던 너

비가 오는 날

우산 없이

함께 길을 걸으며

김광석 형의

<사랑했지만>을

간드러지게 부르던 너

세상의 비정함과 냉혹함에 지친 내가

모든 것을 내려놓고 싶어할 때

말없이 내 곁에 앉아

밤새 이야기 들어주며

어깨를 두드려주던 너

동물원의 노래 가사처럼

시청 앞 지하철역에서

십이 년 만에

우연히 만나서 반가웠지만

너무나 달라져서
집에 오는 길 내내
내 마음을 먹먹하게 한 너

지금 어느 하늘 아래서
무엇을 하고 있을지
늘 궁금하고 또 보고 싶은 너
비가 오는 날이면
나는 항상 너를 생각한다

천도와 황도

하늘 복숭아 천도가
노오란 황도에게 말했다
요즘 세상에 그리 물러서
어디에 쓰겠어?
털은 또 왜 그리 많고?
제모도 모르나?
자기관리 좀 하고 살라고!
그래도 황도가 아무 말 없자
얼굴 벌게진 천도가 잔소리를 이어갔다
항상 달착지근하기만 해서
뭐하겠어! 새콤한 맛도 있어야지!
그렇게 단순해서 이 험한 세상을
어떻게 헤쳐가노

결국 참지 못한 황도가
온몸 가득 품은 눈물을 쏟아내자,
움찔하던 천도가 말했다
그렇게 쉽게 눈물 흘리고
물러터지니 날마다 무시당하지!

잠시 후 천도 아홉 개가
한 봉투에 들어가더니

7,800원 가격표가 붙은 채

장바구니에 담겨

마트를 나갔다

곧이어 물러터진 울보 황도도

팔려서 마트를 나갔다

여덟 개 한 상자에

28,000원 가격표가 붙은 채…

말이 많다고

큰 소리 친다고

몸값이 높아지는 것이 아니다

물 긷는 밤

흰색 불투명 형광등
흰색 노트북
갈색 통나무 탁자
갈색 통나무 의자

창문 밖 길가에서
간간이 들리는
지나는 차들의
클랙슨 소리
고요한 달빛과
별들의 황홀한 반짝임
제법 능숙해진
풀벌레들의 합창

두닥 두닥 두닥
두닥… 독독독… 마법의 자판 위에서
생각은 활자로 바뀐다

어린 시절
우리 동네 흰 복판에 있던
이끼 낀 돌우물에서
얼음보다 차가운 물

길어 올리던 외할머니처럼

끝을 알 수 없는 내 마음속

깊은 그곳에서부터

나는 한 단어 한 단어를

끌어 올린다

때로는 일용할 양식을 짓는

밥물이 되고

때로는 더러운 얼굴을 씻어낼

세숫물이 되며

때로는 마음속

작은 꽃 한 송이에게 줄

흰 여울물이 될

그 작고 작은

언어의 우물물을

나사 빠진 가로등

나사 빠진 가로등이
공원 입구 길을
외로이 비춘다

투명한 뚜껑 안으로
한쪽 나사가 풀려
내려앉고
다른 한쪽 나사에
온몸을 의지한
둥근 형광등이
가쁜 숨을 쉬며
어두움 속으로
빛을 뿌린다

문득
나사 빠진 놈
속없는 놈이
욕이 아니었음을
깨달았다

무너지고 내려앉은
속 깊은 상처에도

길 가는 이들이

발 다칠 것을

더 염려하는

속없는 가로등

나사 빠진 가로등을 보면서

선풍기에게

언제까지가 여름인지
잘 모르겠네…
텅 빈 방 내 책상 옆에 서서
말없이 도리도리하며
바람을 쏟아내는 네게
나는 말한다

밤과 아침 그리고 저녁은
가을 같다가도
점심 먹고 길을 걷다보면
여전히 여름을 만나는 9월
언젠가 너를 보내야 할 텐데
먼지 타지 않게 비닐 씌워서
반년도 훨씬 넘는 시간을
고독하게 지내도록
너를 보내야 할 텐데
널 보낼 가을이 언제일지
잘 모르겠다

네가 보내는 바람에 펄렁이는
9월의 달력을 보면서
오늘이 가면 기억 속으로

사라져버릴 9월을

안타깝게 숨 쉰다

언제까지가 여름인지

난 잘 모르겠다

지난 여름 말없이 흘린 내 눈물을

가장 가까이서 보았던 너!

내 모든 고민과 걱정을

늘 말없이 들어준 너!

내 모든 통화를 다 들으면서도

늘 입이 무거운 너!

내가 더위에 지칠 때마다

신일 일렉트릭 팬의 미풍으로

내 몸을 식혀주던 너!

그런 네가 없이 어떻게

가을을 맞이할 수 있을지

난 잘 모르겠다

널 보내기가 싫어서

나는 10월도 여름이라고

믿고 싶다

아니 일 년 열두 달이

다 여름이었으면 싶다

더위 때문에 그렇게 싫던

여름을 사랑하게 만든 너를

난 보내기가 정말 싫다

계속 돌아가도

비상하지 못하는

네 프로펠러가 불어준

그 바람의 시원함을

나는 결코

잊지 못할 것 같다

단풍

아스팔트 바닥에 드리워진
나무 그림자에 단풍이 듭니다
바람에 나풀대는 그림자 가득
고웁게 단풍이 물듭니다
멀리서 울리는 풍경소리
맑은 빛깔을 더합니다

엘리베이터 안에서

엘리베이터 안에서
소리 없는 카운트다운이
진행된다

7,6,5,4,3,2,1, L⋯
L???
'Lobby'의 약자지만,
오늘따라 그 글자가
'Love'의 L로 보인다

L에 도착하기만 숨죽여
기다리는 나에게
엘리베이터는 말한다

누군가를 사랑하려면
내가 낮아져야 해
그 사람이 높아지면
사랑하겠다는 조건마저
내려놓아야 해
낮아지면 사랑에 이르고,
높아지면 사랑에서 멀어지는 거야
오늘 엘레베이터는

나의 철학교실이자

작은 예배당이 된다

나무들이 서 있다

찻길 옆 나지막한 산등성이에
젊은 나무 넷이
역마차 행렬을 지켜보는
아파치족 전사들처럼
미동도 없이
줄지어 서 있다

자고 일어나면 하는 일이라곤
찻길을 내려다보기
자랑할 스펙도
그럴듯한 비전이나
삶의 목표와 꿈도 없다

토익 990점 성적표도,
워드프로세서 1급 자격증도,
컴퓨터활용능력 2급 자격증도,
한국사 1급 자격증도 없다

젊은 나무 넷은
밤이나 낮이나 그저 그렇게
그 자리에 서서
새벽인력시장 노동자처럼

일꾼을 찾는 사람이 오기를
기다리지만,
인턴 자리도 아르바이트 자리도
불러주는 이가 없다

비가 오면 비를 맞고
눈이 오면 온 몸이 눈에 덮인 채
뜨거운 뙤약볕에 온몸이 그을리지만
혹시나 일자리 놓칠까봐
자리를 못 비우고
화장실도 못 간 채
그냥 그렇게 서 있다

앙상한 네 친구는
오늘도 아니 지금도
미어캣마냥 허리를 곧추세우고
까치발을 한 채 찻길을 내려다본다
이런 나무들이 안쓰러워서
태양은 일찍 퇴근해서
뒷산 너머 집으로 간다

산골 마을

세상에서 가장 먼저 밤을 맞는
깊고 작은 산골마을은
강빛 닮은 산과
산빛 닮은 강이 만나는 곳

세상 모든 소음은 어둠속으로
흔적 없이 흩어지고
풀벌레 소리만이 온 동리를
가득 채운 곳

태고의 고요와 에덴의 푸르름이
이웃되어 함께 지내고
삶은 시가 되며
고독은 기도가 되는 곳

산으로 삼면을 병풍 두르고
강으로 창을 내서
파란 하늘만 봐도
감사가 절로 나는
마음이 청결한 자들의 고향
지도에 있어도 아는 이 적고
깜박이며 조는 작은 전등불들만이

밤새 정겨운 이야기를 이어가는 곳
내가 갈망하던 많은 소유와 명예가
모두 무거운 짐이었음을 가슴 깊이
깨닫게 하는 수도원

잿빛 구름 하늘 덮은 흐린 가을밤이면
반딧불이 별빛을 대신하는 곳
살면서 잊어버렸던 소중한 것들이
고스란히 보관된 유실물 보관소

지나온 삶의 과오를
눈물로 뉘우치게 하는 통곡의 벽
삶은 비움으로써만 가득 찰 수 있음을
내게 가르치는 따스한 교실

등대

동쪽 방파제와 서쪽 방파제
그 끝에 서서 마주보는
빨간 등대와 하얀 등대
건널 수 없는 단절이 있어
바라볼 뿐 함께 할 수 없는
두 연인

오작교 이어줄 까치도 까마귀도
없는 외로운 바닷가에서
세찬 파도와 바닷바람을 맞으며
둘은 가장 가까이 있기에
언제나 더 외롭다

파도치며 풍랑 이는 어두운 밤이나,
모든 것이 얼어붙은 겨울밤에도,
뜨거운 태양 모든 것을 태우는
여름날에도 곁에 있지만
하나가 될 수 없는 두 등대

그리운 마음 바람에 실어보내고
갈매기에게 전해 보내며
오늘도 빨간 등대와 하얀 등대는

말없이 그저 말없이
오랫동안 서로 마주보며 서 있다

깊은 그리움은 잔잔한 바람 되어
물위를 스치고
멀리서 울리는 뱃고동 소리는
흰 구름 떠가는 하늘 위를 스친다

까마귀의 웃음

하하하하하하
하하하하하하
까마귀 두 마리가
소프라노 톤으로
머리 위를 맴돌며
내게 말한다.
좀 웃고 살아!
진정한 자유인은
웃을 수 있는 사람이야!
뭘 그렇게 진지해?
진짜 진지함은
웃을 기회를 놓치지
않고 사는 거야!
하하하하하하
하하하하하하
웃어! 웃으라고!
웃을 일을 찾아!
제발 좀 웃고 살라고!

커피는 사랑을 닮았어

커피는 사랑을 닮았어
뜨거운 커피는 좋지만
급히 마시면 입을 데지
맛있는 커피를 원한다면
넌 기다릴 줄 알아야 해
사랑도 마찬가지야
멋있는 사랑을 원한다면
넌 기다릴 줄 알아야 해

커피는 사랑을 닮았어
각설탕과 우유를 넣어
마셔도 좋지만 진짜로
맛이 좋은 커피는 말야
원두와 물로만 끓이지
사랑도 마찬가지야
정말로 달콤한 사랑은
있는 그대로의 사랑이야

커피는 사랑을 닮았어
커피를 많이 마신 날엔
밤에도 잠을 잘 수 없어
꼬박 밤을 새면서 혼자

그 커피를 생각하지
사랑도 마찬가지야
사랑에 깊이 빠지면
잠 못 이루는 밤이 많아

커피는 사랑을 닮았어
아무리 좋은 커피라도
다 마지막 한방울까지
마시는 것은 아니지
입만 대고 버리기도 해
사랑도 마찬가지야
타오르다가 꺼지는
그런 사랑이 너무 많아
사랑도 첨엔 커피처럼
쓰고 뜨겁고 불편하지
하지만 있는 그대로
서로 받아줄 수 있다면
그 사람이 준비될 때를
기다려줄 수만 있다면
정말 달콤하고 향기론
그런 사랑 하게 될 거야

새들의 하루

하루 종일 노래하기
배운 노래 연습하기
늘 마음껏 크게 웃기
배고플 때 밥먹기(과식금지)
밥 먹을 만큼만 일하기
앉아서 멍하고 있기
졸리면 그냥 자기
그리고 마음껏 날기
무엇보다 자유하기
가슴이 시키는 일 하기

피리 부는 사나이

1212년 어느 날 사라진
하멜른 어린이 130명
신의 계시를 받았다는
프랑스 목동에 이끌려
예루살렘을 되찾겠다고
웃고 노래하며 행진했지

하지만 그들을 기다린 건
아프리카 튀니지의 노예시장
아이들은 물건처럼 팔렸고
괴롭고 슬프게 살다 죽었지

하지만 그림형제가
깃털펜으로 부린 마법으로
모든 게 바뀌었어
유괴범은 쥐를 몰아냈지만
품삯을 못 받아서 억울한
피리 부는 사나이가 됐고,
아이들은 배은망덕한
하멜른 마을 사람들의
철없는 아이들이 됐지
약속을 지켜야 한다는

교훈을 주기 위해서
그림형제는 이 불쌍한
아이들을 꼭 이렇게
두 번 죽어야 했지

잔인한 현실 세상 그리고
더 잔인한 동화
그리고 그런 동화를 짓고
아이들에게 들려주는
잔혹하고 또 잔혹한 세상

속도제한 표시판

붉은 원에 검은 글씨는
절대로 잊지 말 것
절대로 한계를 넘지
말 것

30
이번 달 25일에 낼
고시원 내방 월세 30만 원

50
이번 달 막아야 할
카드 이용료 50만 원

60
이번 달 내야 할
공무원 시험 학원비 60만원

80
이번 달 CU편의점
아르바이트 월급 80만 원

100

일 년 동안 들어간 토익

응시료 100만 원

이번이 마지막이다!

110

엊그제 면접 본 회사에서

준다는 초봉 110만원

더??

더 이상의 숫자는 의미없어

어차피 속도 무제한의

아우토반이 있는 것도 아닌데

우울의 미소

우울이 내 곁에 와서
애걸하며 하소연한다
자기 말을 들어달라고
답답한 심정 털어놓게
해달라고

생각해보니 난 한번도
이 친구 이야길 들어준
적이 없다
늘 어둡고 무력하기만 한
이 친구가 싫었다

내가 늘 행복이나
기쁨이라는 친구들과
어울리는 동안
우울은 혼자 얼마나
외로웠을까

오늘은 아주 오랜만에
우울과 함께 점심을
먹었다
따스한 커피를 마시며

이 친구의 힘들었던
이야기를 들어주었다
한결 가벼워졌다며
집에 가겠다는 우울을
삼성역까지 배웅했다

표도 끊어주고
가족들과 먹으라고
케이크도 사준 다음
개찰구 밖에서 손까지
흔들며 헤어졌다
해마다 계절이 바뀔 때면
찾아오는 친구
늘 푸대접 받으면서도
다시 찾아오는 친구

오늘 처음으로
그 친구의 웃는 얼굴을
보았다
촉촉하게 젖은 두 눈에
가득하게 번지는
따뜻하고 아름다운
미소를

슬픔이 세상을 구원하리라

파아란 빛 슬픔이
별이 되어 빛난다
푸우른 빛 슬픔이
강이 되어 흐른다
퍼어런 빛 슬픔이
들풀 되어 춤춘다

아름답기에
슬픈 것이 아니다
슬프기에
아름다운 것이다

기쁨만 있으면
사는 게 무슨 재미랴
맑은 날만 있으면
그곳은 사막이 된다

기쁘지만
추한 것이 있다
그리고 슬프지만
아니 슬프기에아름다운 것이 있다

슬픔이 세상을

아름답게 하리라

슬픔이 세상을

구원하리라

겨울 이야기 1

겨울이 되면 생각나는
어느 가족 이야기

아비 모르는 아기를
임신하고 어쩔 줄
몰라 한 십대 소녀
그런 여자 아이를
불쌍히 여겨
자기 아이라고 덮어준
사십대 돌 공장 직원

신부도 울고
신랑도 울면서
둘은 결혼했고
어린 신부의 배는
점점 불러왔지
요란한 소리 나는
낡은 차를 타고
혼인신고 하러가다
어린 산모는
아기를 낳아야
했지

너무 어린 산모라

위험부담이 크다며

가는 산부인과마다

거절하고 거절했지

결국 부부는

변두리 낡은 차고

한구석에서

직접 아이를 받았어

의사도 없고

산파도 없이

칼바람 살을 에는

12월 그 추운 날

얼음짱 같은

시멘트 바닥 위에

골판지 상자를 깔고

산모는 지친 몸을 쉬며

아기에게 젖을 먹였어

야근을 마치고 퇴근하던

외국인 노동자들이

우연히 이 가족을 보았어

멀리 스리랑카와

우즈베키스탄,

태국에서 온

낯선 이방인 세 사람이…

너무나 측은한 마음에

세 사람은 아기 앞에 무릎 꿇고

자신이 가진 것을 하나씩

산모와 아기에게 주었어

프레스 기계에 손가락

잘리고 받은 보상금

백만 원이 담긴 봉투,

겨울 나려고 큰맘 먹고

산 두툼한 겨울 외투,

그리고

주머니 톡톡 털어서 산

따뜻한 갈비탕 두 그릇

선물을 주고 세 사람은

서툰 한국말로

"우리 축하해요 아기

나은 거. 아기 예뻐요"

라는 인사를 남기고

어둠 속으로 사라졌어

밤은 더 깊어갔고

문도 없는 차고 안은

냉장고보다 차가워졌어

차고 앞 종양제 봉투들을

싣던 환경미화원들이

이들 부부를 보았어

일을 멈추고 함께

다가온 미화원들은

아기와 어린 산모를 보고

너무 마음이 아팠어

"축하합니다. 어린 엄마가

아기 낳느라고 얼마나

고생이 많았을까.

신랑이 미역이라도 사서

끓여줘요. 그리고 추워서

큰일나요.

어서 여관방으로라도

옮겨요"

라며 주머니돈을 다 털어

주었어. 사만 팔천 오백 이십 원을

가장 추웠던

그 해 겨울은

이렇게 해서

가장 따스해졌어 .

해마다 겨울이 되면

이 이야기를 떠올려

아니 인생의 겨울이

올 때마다 한 여름에도

이 날을 기억해

험한 세상이지만

넌 혼자가 아니야

사랑이 있는 곳에

하나님이 있어

다양한 모습을 하고

우리와 함께 하셔서

자신의 모든 것을

내어 주시는 하나님이

항상 너와 함께 있어

겨울이 오면

생각나는 이야기

겨울이 오면

마음을 따스하게 하는

그 날의 기억

겨울 이야기 2

사람마다 가야 하는
자신만의 길이 있다
사람마다 견뎌내야 할
그 사람만의 길이 있다

염화칼슘 눈을 녹인
아스팔트 길을
메르스데스 타고
편히 가는 사람이 있다

빙판 진 산동네 언덕
산더미 같은
폐지 수레 끌고
밭은 숨 내쉬며
오르는 사람이 있다

11월의 화천 명월리에서
무릎까지 파묻히는
눈길에 다리를 박았다가
빼기를 반복하며
난 생각했다
눈이 내린 겨울 이른 새벽

내가 디딘 힘든 걸음이
뒤에 오는 누군가의
길이 될 수 있을까?

고라니도 사람도
모두 잠 들고
방주에서 나와
육지를 찾는 까마귀만이
청량한 울음소리로
동화 속 하얀왕국을 채우는
아침에 나는
눈쌓여 사라진 길 위에
첫 발자국을 남기며
생각했다
앞으로 걸어야 할 길이
지금껏 걸어온 길보다
더 험한 길이 된다면?
항상 길을 걷는 사람이 아닌
길을 만드는 사람
아니 길이 되는 사람으로
살아야한다면?
이런 생각에 잠시 멈춰
대성산을 보다가 돌이보니
일부러 잔걸음으로

지나온 곳에 길이 나 있었다
산골분교에 갈 아이들이
웃으며 걸을 그 길이

길이 있으므로 사람이
걷는 게 아니다
사람이 걸으므로 길이
생기는 것이다
사람으로 산다는 것은
길을 만든다는 뜻이다
길이 되는 것이다

오늘도
나는 눈길을 걷는다
아니 길을 만든다
아니 길이 된다

겨울 이야기 3

선택적 기억상실:
고통스러운 사건에 대한
기억만을 도려내어
망각하는 현상.

기억도 모진 검열을 받는다
기억도 얼마든지 편집될 수 있다
한 아기가 우리에게 났고
많은 아기가 우릴 떠났다
한 아기의 생일은 축제가 되고
많은 아기의 죽음은 잊혀졌다

슬픈 기억을 도려내고
기쁜 기억만 남은
메리 메리 크리스마스
무한 쾌락과 소비로
슬픔을 덮어쓰기 한
인스턴트 크리스마스
그래서 더 슬픈
블루 블루 크리스마스

겨울 이야기 4

지나고보니 난 항상 그랬다
여름이 되면 겨울을 그리워하고
겨울이 되면 여름을 그리워했다

하지만 이제는 달라지리라
여름에는 애오라지 여름을 기뻐하고
겨울에는 한마음으로 겨울을 기뻐하리라

굵은 빗줄기 앞을 가리는 여름날에는
푸른 가지 길게 드리운 채 흔들리는
늙은 느티나무 그늘 밑에 앉아
곧 지나갈 여름을 마음껏 노래하리라

밤이 되면 미리내 가득 펼쳐진
신화속 이야기를 들으며 잠들리라
흰 눈이 온세상을 포근한 품에 안고
동화 속 신비한 이야기를 풀어내는
긴긴 겨울밤에는 가로등 아래에 서서
흩뿌리는 눈송이와 함께 춤을 추리라
목화솜 이불 덮고 잠자는 아이들에게
옛날이야기 들려주다 잠들리라
여름엔 여름을, 겨울엔 겨울을 살리라

그리워하는 대신 마음껏 사랑하리라
아니 그리워한 만큼 더 깊이 사랑하고
사랑하는 만큼 온전히 하나가 되리라

겨울에는 눈송이처럼 하얗게 사랑하고
여름에는 태양처럼 뜨겁게 사랑하리라
다시 올 수 없는 시간처럼 아껴서
그 소중한 사람들을 아끼며 사랑하리라

겨울이야기 5

내가 다섯 살 때 받은
크리스마스 선물은
투명한 비닐에 담긴
해태 알사탕 반봉지와
하얀 종이에 붓글씨로 쓴
메리 크리스마스 카드

아빠, 산타 할아버지가
왜 사탕을 반봉지만
줬어?
어… 혼자 한 봉지 다 먹으면
이 썩으니까
누나랑 동생이랑
나눠먹으라고…

아빠, 산타 할아버지가
아빠랑 글씨 똑같아?
어… 어른들 글씨는 다
비슷해…

그 해 겨울 직장을 잃고
뒤주에 쌀도 떨어졌지만

어린 세 자식들에게
성탄의 기쁨을 거르고
싶지 않았던 산타 할아버지

지금은 천국에 가서서
수 년 째 오지 않으시는
산타 할아버지
아니 산타 아버지
그리고 그 분이 없어
쓸쓸한 블루 크리스마스

세상살이에 지치고
살아갈 용기 사라지는
그런 날이면
땅콩 맛 해태 알사탕
입에 물고 떠올리는
당황한 초보 산타의 모습
그리고 그 따스한 거짓말

겨울 이야기 6

크리스마스에 일어난
세 가지 기적이 있어
기적은 늘 가까운 곳에서
평범한 사람들에게
일어나지

밀려오는 전차와 군대를
피해 사람들은
정든 고향과 마을을 떠나
칼바람 부는 영하 45도의
흥남부두 바닷가까지
내몰렸어

사람들은 당황해서
하늘을 향해 부르짖었지만
하나님은 침묵하셨어
모세의 기적도 없었고
동풍도 불지 않았고
겨울 바다 한복판에
마른 길도 나지 않았지
대신 하나님은
사람들의 굳은 마음

한복판에
사랑의 길을 여셨지
그 순간 첫 번째 기적이
일어났어
수십만 톤의 군수물자와
탱크를 실은
매러디스 빅토리호 선장은
무기와 물자를 버리고
대신 사람들을 태웠어

하지만
오천 명이 배에 오르자
더 이상 사람들이
탈 자리가 없었어

그 순간 두 번째 기적이
일어났어
사람들은 옷과 식량을
담은 자기 짐을 버렸어
한 사람이라도 더 태우려고
한 사람이라도 더 살리려고.
결국 60명이 정원인 배에
14,000명이 타게 된 거야
얼어붙을 듯한

바다 위의 삼 일,
불기둥과 구름기둥도 없고
만나와 메추라기도 없는
어둡고 추운 바다 위에서
마지막 세 번째 기적이
일어났지
다섯 명의 아기 예수가
태어난 거야

1950년 12월 25일
생명을 살리기 위해
모든 것을 버린
14,000명의 사람들과
다섯 명의 아기 예수가
탄 배는 따스한 남쪽 섬
거제도에 도착했어

우리는 오랫동안
잊고 살아왔어
한 생명이 온 천하보다
귀하다는 성탄의 메시지를
그리고 우리에게 일어난
세 가지 성탄의 기적을

더 아름다워져야 한다

처음 보다 나중이
더 아름다워야 한다
올 때보다 떠날 때
더 아름다워야 한다

이른 봄 가지마다
솟아나는 순은
귀엽고 예쁘지만
온 잎을 알록달록
물들이고 떠나는
가을의 나무는
이보다 더 아름답다

미끄러지듯 착륙하는
비행기는 멋지지만
전 속력을 다해 내달려
푸른 창공에 몸을 던진 후
떠나는 비행기는
이보다 더 아름답다

싱그러운 신랑 신부가
웃으며 행진하는 모습도

사랑스럽고 아름답지만
함께 늙어간 노부부가
서로 의지하며
천천히 걷는 모습은
이보다 더 아름답다

오랜 기다림 끝에 태어난
아기의 생일은
기쁘고 행복하지만
모든 사람을 울게 만들며
떠나는 그 사람의
장례식은
이보다 더 아름답다

젊고 열정적인
신인 배우의 연기는
감동적이고 좋지만
생의 끝자락에서
잘 익고 깊어진
노배우의 연기는
이보다 더 아름답다

올 때보다는 떠날 때
더 아름다워야 한다

나무가 잎을 떨구고
앙상한 가지만 남기기 전
가장 아름답게 물들듯이
사람도 그렇게 물들어야 한다

사람도
처음 세상에 올 때보다
세상을 떠날 때
더 아름다워야 한다
우리는 모두
처음보다 더 아름다운
끝을 꿈꾸어야 한다
매일 매일
더 익어가고
더 아름다워져야만 한다

이별 연습

남산도서관 앞 은행나무들은
해마다 이별을 연습한다
빈손으로 왔으니
빈손으로 갈 준비를 한다

여름 내내 초록빛 그늘이 되어준
푸른 은행잎은 노랗게 물들여
보도블록 위에 곱게 뿌려주고
탐스럽게 영근 은행 열매는
밤마다 천식으로 잠을 설치는
영감님 약에 쓰려 은행 줍는
어느 칠십 세 할머니의
검은 비닐봉투에 담긴 뒤
앙상한 알몸이 되어 겨울로
들어간다

남산도서관 앞 은행나무들은
해마다 이별을 연습한다
모든 것을 나눠주고
빈털터리 되어 돌아갈 준비를 한다
언제든 웃으며 가볍게 떠날 채비하고
겨울을 맞으려고 오늘도 나눠주고
비우며 털어낸다

귀뚜라미

한해살이
귀뚜라미는
겨울옷이 없다

찬바람 불고
흰 눈 내리는
겨울이 되면
노래할 수 없기
때문이다

그 날까지
귀뚜라미는
노래하려고 먹고
노래하려고 잔다

난생 처음
받은 곡을
온 힘을 다해
연주하다가
노래할 수 없는
때가 오넌
귀뚜라미는

말없이 떠난다

귀뚜라미에겐
노래하는 것이
삶이요 기쁨이기에
찌는 듯 한 여름 밤
모두 잠든 후에도
귀뚜라미는
홀로 최선을 다해
노래하고 또 노래한다

겨울 추위가
예고 없이 찾아온
10월의 어느 밤,
귀뚜라미는
때 이른 추위에
외투도 못 걸치고
말없이 떠났다

그런 귀뚜라미의
빈자리가 허전해서
노래 소리가 멈춘
나무 옆길을
천천히 천천히
걷고 또 걷는다

가을밤

따스한 햇살을 따라
종일 뛰놀던 가을이
해가 혼자 집에 간 후
돌아갈 집이 없어
공원 벤치에 앉아
긴 밤을 새운다

어스름 달빛 비추는
공원 잔디밭 위에는
길고양이 몇 마리가
아기울음 흉내 내며
느린 걸음을 내딛고

바람이 훑고 지나간
나뭇가지에서
떨어져나간 잎새들은
잘 구운 오징어처럼
동글게 말린 채
보도블록 위를 달린다

밤은 소리 없이 깊어가고
달도 자고 별도 잠들어

멀리서 간간이 들리던

개 짖는 소리마저

잦아든 새벽 여명,

이슬 내린 벤치 위에서

등걸잠 자는 가을 위로

햇살이 따스한 손을 뻗쳐

곤한 잠을 깨운다

군밤 탈영

짧은 스포츠머리
갈색 전투복을 입은
젊은 장정 밤들이
연탄불 위에 섰다

이래 뵈도
높은 나무에서
떨어지는 낙하훈련
밤송이를 벗어나는
도피 및 탈출훈련까지
마친 정예 병력들이다

본 코스까지 오느라
수고 많았습니다
본 코스는 뜨거운
불 속에서도 참고
견디는 능력을 갖추는데
그 목적이 있습니다
정말 못 참겠다
생각하는 교육생은
손을 들어서 조교에게
알리기 바랍니다

먼저 조교의 시범이
있겠습니다

전투복 밑으로
그을린 갈색 피부가
드러난 조교는
연탄불 위에서도
의연하고 늠름하게
오랜 시간을 버텼다

이제는 교육생 밤들 차례
뜨거운 불 위에서
밤들은 외투 지퍼를 내리고
속옷도 걷어 올린 채
점점 뜨겁게 달아올라
갈색으로 변해갔다

하지만 7번 교육생 밤은
끝까지 외투를 벗지 않고
입을 꼭 다문 채 버텼다
'참고 또 참아야 한다
가장 강한 밤이 되려면'
조교도 다른 교육생도
이런 7번 교육생의 모습에

모두 놀라던 그 순간,
"빵" 하면서 7번 교육생이
날아올랐다

뜨거운 연탄 위를 벗어나
아궁이 위로 치솟더니
120도 포물선을 그리며
멀리 멀리 날아간 7번 교육생

탈영이다!
긴장한 군사경찰
사복 체포조 대원들이
7번 교육생을 잡으러
마당 구석구석을
이 잡듯 뒤지고 다녔다

놀란 조교 밤이 다시
교육생 밤들에게 말한다
강철같은 밤이 되려면
뜨거운 불도 참고 또 참아라
하지만 정말 견디기 힘든
순간이 오면 도망가지 말고
누군가에게 말해라
나 지금 너무 힘들다고!

엉덩이가 터진 군복을

입고 탈영한 군밤 병사가

노래를 부른다

바람이 분다 바람이 불어

얼싸 좋네 아 좋네 군밤이요

무궁화 꽃이 피었습니다

사람들이 떠난
11월 바닷가에는
깊은 밤 내려온
별들이 앉아서
도란도란 이야기한다

삭풍이 불어와
나무 끝을 흔들면
마른 잎새 하나
힘없이 맴돌다가
바다 위에 떨어져
태평양을 향해
먼 항해를 떠난다

겨울바다는
살아움직이는
신화 속 세상
뭍으로 나온 하백
모래밭 거닐고
곰방대 문 호랑이
담배 태우며
날개옷 입은 선녀는

나뭇꾼과 웃으며
술래잡기 한다

"무궁화 꽃이
피었습니다"
소나무의 외침에
별도 잎새도
하백도 호랑이도
선녀도 나뭇꾼도
모두 동작 그만!
순식간에 해변은
다시 평범한
현실로 돌아간다

그때 들어선
젊은 연인은
손에 손을 잡고
바다로 달려가고
귀가 어두워
못들은 구미호는
신이 나서
재주부리다가
깜짝 놀라
바위 뒤로 숨는다

붕어빵의 꿈

옻칠처럼 시꺼먼
무쇠알 속에서
가스불로 부화한
내 몸통 안에도
부드럽고 뜨거운
붉은 심장들이 있다

알을 깨고 나와
찬바람 맞으며
지느러미와 꼬리
차갑게 식었지만
아직도 내 안에는
남극 빙하도 녹일
뜨거운 심장들이
힘차게 박동친다

누런 황금빛 내 몸
구석구석에는
초콜릿보다 더 짙은
화상자국 투성이지만
난 아직도
녹두빛 금강물에

몸을 담가서
선홍색 아가미로
숨을 쉬며
황금빛 모래바닥 위를
마음껏 휘젓고 다니는
간절한 꿈을 차마
버리지 않았다

소리 없이 쌓인 눈으로
온 세상은
밀가루 쏟아놓은
반죽통 같은데
지나는 차도 끊긴
정류장 앞
손수레 위에선
작은 전등 두 개가
깜박거리며
추위에 떨고 있다

밤은 더 깊어가고
내 옆 철망에 놓인
황금색 물고기들과
진갈색 물고기들은
칼바람에 식어서

점점 딱딱하게
굳어만 가지만
내 안에 있는
붉은 심장들은
여전히 꿈틀거리며
다시 헤엄칠 때를
기다리고 있다

비록 작디작고
설탕에 버무려져
짓이겨졌지만
아직도 그 붉은빛
잃지 않은
작은 심장들이
겨울이 지나면
곧 돌아가야 할
금강을 그리며
콩닥콩닥 소리로
내 온몸을
울리고 있다

기적

오늘도 반복되는
평범이라는 이름의
기적

지구는
시속 107,000km로
소리 없는 굉음을 내며 돌고
해가 동쪽에서 떠오르면
잘 익은 박같이 하얀 달은
슬그머니 물러가고
새는 하늘을 날며
자유를 노래하고
이슬 맺힌 풀잎은
바람에 하늘거리고
사람들은 잠자리에서
아무렇지 않게 일어나
바쁜 하루를 시작하고
아이들은 가방 메고
친구들과 재잘거리며
학교에 간다
매일 반복 되서
너무 평범해진 기적

하지만 어느 하나도

결코 평범치 않은

깜짝 놀랄 만한 아침

달의 꿈

달은 일년 삼백 육십오 일
하루도 빠짐없이 철야근무한다
해처럼 아침에 출근해서
환할 때 퇴근하는 것은
감히 생각하지도 못 한다
식구들과 함께 밥 먹으며
일상을 나누는 삶은
꿈도 꾸지 못한다

매일 밤 밤참 먹으며
쉬지 않고 일만 하다보니
피곤에 쩔은 달의 얼굴은
항상 둥근 쟁반처럼 붓고
피부도 여기저기서 들고 일어나
반란을 일으킨다

아이들이 학교에 가고
아내도 직장 나가고 없는 빈집에서
말하는 전기밥솥이 지은 밥을
인스턴트 육개장 국물에 말아
훌훌 넘기고 난 아침 시간이
달에게는 잠자리에 들 시간이다

암막 커튼을 치고 휴대폰을 끄고
누운 달은 이내 곯아떨어진다
달은 매일 같은 꿈을 꾼다
아침에 가족들과 함께 출근하고
저녁에 퇴근해서 함께 밥을 먹고
얼굴 보며 이야기도 나누는 꿈을
현실에서 결코 이루어지지 않을
저녁이 있는 삶이라는 기적을

후회

할로윈 파티 끝나고
도착한 할로윈 복장

생각 없이 일 저지른
다음 받게 되는
지연 배송된 깨달음

머리색 망치고 나서
읽고 땅을 친 염색약
상품 사용 주의사항

짜장면 다 먹은 다음
보이는 옆 손님의
맛있는 짬뽕 그릇

읍소하는 감독 부탁
거절했는데 넷플릭스
시청률 1위를 차지한
드라마 배역

무엇보다 할까 말까
고민하다가 하지 못한
한 마디 아버지 사랑해요

흥정

사장님 새우 한 바구니에

얼마예요

작은 바구니는 만 원

큰 바구니는 이 만 원요

아 많이 비싸네요

네 올해는 새우 값이 비싸요

사장님 그럼 꽉꽉 눌러 담아

이만 원짜리 같은 만 원어치 주세요 꼭요

네 그럴게요 손님

대신 만 원 같은 이만 원 주세요 꼭요

촬영

단풍이 낙엽져 덮은
시골 집 너른 앞마당에서
족제비와 암탉이 달린다
다다다다 암탉이 두 발로
앞서 뛰어가고
쭉쭉쭉쭉 족제비 네 발로
바짝 따라 간다

먹고 살기 위해 뛰는
생계형 선수 족제비도
살아남기 위해 뛰는
생존형 선수 암탉도
눈만 깜박이며
고개를 갸웃갸웃 대는
유치원생 병아리 관중도
하나로 만드는 우리 동네
액션 스릴러 호러 로드 무비

쫓고 쫓기는 트래킹이
반복되면서 알 수 없네
누가 쫓는 자이고
누가 쫓기는 자인지

그 순간 날아들어
족제비 머리를 정확히
맞추는 몽당 빗자루 부메랑
깜짝 놀란 족제비는
울면서 도망가고
숨 돌린 암탉은
웃으며 돌아가는
슬립스틱 코미디 무비

마당 한구석에 서서
빗자루 부메랑을 던진 후
녹슬지 않은 실력에 만족해
말없이 씩 웃음 짓는
천둥의 신 토르의
판타지 어드벤처 히어로 무비

돌아온 엄마 닭과
아장아장 병아리들이
닭장 안에서 찍는
논픽션 가족 다큐 무비

올해도 우리 집 앞마당
아카데미 시상식은
예측불허의 팽팽한 경쟁이

예상되는 후보작들의 풍년

하루도 조용할 일 없는

그저 평범한 시골집의 하루

늘 새로운 영화의 시사회가

열리는 우리 동네 마당 극장

겨울이 내 품속으로 들어왔다

집 없는 겨울이 차가운 아스팔트
위에 누워 밤새 떨다가 출근하는
나를 보고는 내 외투 속으로 쏙
들어와 안겼다 캄캄한 어둠 속에서
얼음장이 된 녀석은 내 품 안에
들어오자 금방 코까지 골며 잔다
행여 단잠 깰까 염려되어
외투를 여미며 발걸음 옮긴다
아기 밴 엄마 배 어루만지듯
금빛 햇살이 내 가슴을 어루만진다

기도

꽉꽉 들어찬 마음의 창고
깨끗이 비워 여백 만들고
결핍과 부족이 저주 아닌
하늘 축복임을 깨닫는다

욕심의 반병두리 줄여서
쉽게 채워질 종지 만들고
나로만 가득 찬 내 마음에
하늘과 이웃을 담으며
욕망과 갈증을 덜어내고
만족과 감사로 채운다

물질과 이익에 어두워진
두 눈을 감은 채 고개 들어
나의 원과 소망 내려놓고
하늘 뜻 겸허히 받아들인다

보이지 않아도

꽃이 떨어진 뒤에도
나무는 살아있다
잎이 떨어진 뒤에도
나무는 숨을 쉰다
보이지 않는 껍질 안
어둡고 깊은 땅속에서
나무는 봄을 준비한다
말이 사라지고
언어가 빈곤한 때에도
시는 시인의 펜끝에서
쏟아질 때를 기다린다
보이지 않는 때에도
들리지 않는 때에도

어느 나무의 겨우살이

일 년 내내 한뎃잠 자더니
나무는 올해도 외투도 없이
겨울을 나나보다

그나마 걸쳤던 여름옷도
여기저기 누렇게 바래고 헤져
빨가벗은 앙상한 몸으로
기나긴 겨울밤을 떨면서 지낸다

긴 여름밤 노래로 위로하던
풀벌레들도 떠나고
뿌리 근처를 노랗게 물들이던
민들레도 갓털 되어 날아갔지만
발이 땅에 묻혀서 나무는
이사도 못 가고 평생 그 자리다

밤새 어두움 속에 떠는 나무가
너무 불쌍했는지 겨울바람이
말없이 하얀 이불 덮어두고 떠났다
모처럼 팔다리 뻗고 깊이 잠든
나무가 깰까봐 눈 덮인 길을
난 사뿐사뿐 걸어간다

오늘은 출근도 등교도 하지 말고

해가 엉덩이 위에 뜰 때까지

푹 자라 나무야 불쌍한 나무야

온기

버스정류장 나무의자에는
앉았던 이의 흔적이 남는다
사람은 떠나도
사람의 온기는 남기 때문이다

누구나 36.5도의 온기를
남기는 것은 아니다
같은 자리에 앉더라도
어떤 사람은
얼음보다 차가운 냉기를
또 다른 사람은
태양보다 뜨거운 열기를
남기고 떠난다
그리고 또 어떤 사람은
미지근하지만 쉬 식지 않고
오래 가는 은은한 온기를 남긴다

사람이 머문 자리마다
흔적이 남는다
사람이 떠나도
그 온기는 남는다
나도 겨울밤 찬바람 견디며

말없이 자리를 지키다가
고마운 온기를
누군가에게 남기고
그렇게 떠나고 싶다

붉은 은행나무

11월 서울의 길가
줄지어진 나무들 사이
은행나무 한그루가
붉게 물들었다
은행나무는 으레
초록색이든지 노란색이건만
불타오를 듯 붉은 빛 띤
은행나무는 가던 바람까지
멈추어 뒤돌아보게 한다
몸통 타고 오르는
등나무 줄기 귀찮다하지 않고
참고 참는 동안 어느덧 노란 잎들이
붉은 등나무 잎에 덮여버렸구나!

사랑한다고 항상 좋기만 하랴
많이 사랑할수록
더 아프고 깊이 사랑할수록
더 힘들 것을 알면서도
그러면서도 참아내는 것이 사랑이리라
말없이 누군가를 견디어내고
누군가에게 버팀목이 되는
인생은 다 아름답지 아니한가!
붉게 물든 이 은행나무처럼

난 꿈을 꿔

난 밤마다 꿈을 꿔 아니 낮에도
아침마다 붐비는 지하철 타고
직장에 출근해서 일을 하고
꼬르륵 배고픈 열두 시가 되면
플라스틱 사원증 목에 걸고
동료와 걸어서 식사하러 가는
그런 평범한 일상의 주인공이 되는 꿈
식사를 마치면 스타벅스 커피를
손에 들고 여유있게 사무실로 돌아가고
퇴근 후에는 친구를 만나
저녁을 먹으며 그 날 있었던
이야기도 나누는 그런 꿈같은 하루를

아침 아홉시 딩동 하는 문자소리에
깜짝 놀라서 난 눈을 떠
눈을 비비고 휴대폰 문자를 열면
매우 친절한 인사말과 함께 늘
반복되는 미안하다는 말…
내가 지원한 회사의 취업담당자가
보낸 매우 친절한 문자테러지
안타깝게도 불합격했다는 결론부터
이야기하고, 뛰어난 역량을 갖췄지만

자리가 제한되어 합격하지 못했다는
속에도 없는 뻔한 이야기
그렇게 뛰어나면 자기 회사에서 쓰지
그렇게 능력 있는데 왜 불합격이야
그리고 더 염장을 지르는 것은
분명히 더 좋은 직장에 취직할 수
있으리라는 텅 빈 인사말 그리고
날씨가 추우니 건강 주의하라는
의미 없는 안부 인사
사실 내 건강을 가장 해치는 것은
매일 이렇게 받는 불합격 문자인데
매일 받아서 익숙해질 만도 한데
불합격 문자는 아직도 적응이 안돼
받을 때마다 심장은 쿵 한숨은 휴우
백 번이 넘었는데도 부스터 샷이
필요한 걸까

아니 내가 미국 대통령이 되겠다는
것도 아닌데
남들 평생 벌 돈을 한 달에 받는
꿈의 직장에 들어가겠다는 것도 아닌데
그냥 아침이 되면 일어나 지하철
타고 바쁘게 출근하고 점심에는
동료들과 맛있게 밥을 먹으며

이야기하고 퇴근하면 사랑하는
이와 만나서 차 한 잔 하는 저녁이
있는 그런 삶을 살고 싶을 뿐인데

난 오늘도 꿈을 꿀 거야
아침마다 붐빈 지하철 타고 출근하고
열심히 일하다가 꼬르륵 소리 듣고
점심 먹으러 가는 내 모습을
저녁이 있는 삶이 아니어도 좋아
아침만 있는 삶이면 좀 어때 하지만
매일 일을 마치고 집에 돌아와서
맛있게 밥을 먹고 텔레비전도 보는
평범한 하루 그런 하루를 나는
오늘 밤 꿈에서라도 누리고 싶어

색깔 있는 산책

빨간 비 내리는
노란 벽돌길을
흰색 우비 입고
푸른 우산 쓴 채
걸어갑니다

검은 두 눈동자
고운 두 눈 가득
은빛 눈물 반짝
고웁게 빛납니다

분홍빛 편지지에
보라빛 글씨로
가득 채운 그대의
하얀 거짓말
이젠 내가 싫어져
떠난다는 그 짧고
매몰찬 이별의 말
눈물로 가득 찬
내 두 눈에 비친
투명한 색으로 쓴
네 글자 널 사랑해

그리고 우연히
알게 된 그대의 비밀
이 가을이 가기 전
그대를 찾아올
죽음의 잿빛 구름을

갈색 비장화 신고
걸으며 떠올립니다
빨간 비 내리는
노란 벽돌길을
하얀 우비 입고
푸른 우산 쓴 채
어스름 땅거미
내릴 때까지
걷고 또 걷습니다

이상한 나라의 엘리스와 세 가지 소원

아무 소원이나 세 가지만
말해봐 다 이뤄줄게

아무 거나요?

그래 아무거나 다
난 무엇이든지 다 할 수 있는
마법사거든

그럼 평생 성실하게 일할
직장에 취직하는 거요

음, 그건 너무 평범해
다른 소원을 말해봐

그럼 서울에서 결혼해서 살
조그만 집을 갖는 거요

아, 그것도 너무 평범해
다른 소원 없어?
다른 소원요? 그럼
정말 좋은 사람 만나서

사랑하고 결혼하는 거요

휴, 그것도 너무 평범하잖아
소원이 왜 다 이래?

그럼 어떤 소원을 이루어
주실 수 있는데요?

많지. 예를 들어 코끼리 색을
회색이 아닌 핑크색으로 바꾸기
하늘의 구름을 모두 솜사탕으로
만들기. 이런 게 더 놀랍지 않나?
소원이 이 정도는 돼야지!

아까 평범하다고 비웃으신
그 소원들이 얼마나 기적같은
일인지 모르시죠?
평범한 일을 꿈도 꾸지 못하고
산다는 게 얼마나 큰 절망인지
모르시죠?
핑크색 코끼리로 뭐 하게요.
구름이 솜사탕이 된다고 매일
솜사탕만 먹고 살아요?
평범한 일이 평생의 소원이 되는

슬픈 세상

누구나 이룰 수 있던 작은 소원이

불가능한 꿈이 된 이상한 세상

그리고 그런 이상한 세상에서

헤매는 수많은 엘리스들

홍림 시선

홍림

블로그 _ http://blog.naver.com/hongrimpub
페이스북 _ https://www.facebook.com/hongrimbook
인스타그램 _ https://www.instagram.com/hongrimpub

옻칠처럼 시꺼먼
무쇠알 속에서
가스불로 부화한
내 몸통 안에도
부드럽고 뜨거운
붉은 심장들이 있다

알을 깨고 나와
찬바람 맞으며
지느러미와 꼬리
차갑게 식었지만
아직도 내 안에는
남극 빙하도 녹일
뜨거운 심장들이
힘차게 박동친다

누런 황금빛 내 몸
구석구석에는
초콜릿보다 더 짙은
화상자국 투성이지만
난 아직도
녹두빛 금강물에
몸을 담가서
선홍색 아가미로
숨을 쉬며
황금빛 모래바닥 위를
마음껏 휘젓고 다니는
간절한 꿈을 차마
버리지 않았다

붕어빵의 꿈 중에서

값 9,000원
03810

9 788969 340313
ISBN 978-89-6934-031-3